AF494294

# L'AMOUR PATERNEL

*OU*

## LA SUIVANTE RECONNOISSANTE,

*COMEDIE ITALIENNE*

EN TROIS ACTES ET EN PROSE.

Par M. GOLDONI.

*Composée pour les Comédiens Italiens Ordinaires du Roi, & représentée sur leur Théâtre au mois de Février 1763.*

EXTRAIT SCENE PAR SCENE.

Avec les Lettres de M. GOLDONI, & de M. MESLÉ, tant sur cette Piéce que sur plusieurs autres objets des Spectacles.

Le prix est de 24 sols.

*A PARIS,*
Chez DUCHESNE, Libraire, rue Saint Jacques, au-dessous de la Fontaine Saint Benoît, au Temple du Goût.

M. DCC. LXIII.
*Avec Approbation & Privilége du Roi.*

# LETTERA

## Di M. Goldoni à M. Meslé.

*Eccomi, signor mio, alla vigilia di esporre per la prima volta a questo Publico una mia Commedia. Questa è una cosa, che ho di lontano moltissimo desiderata, e che ora davvicino mi fa tremare. Voi siete un buon conoscitore del Teatro, voi lo amate, e lo frequentate, e vi è nota la dificoltà d'incontrare con un tal genere di produzioni. A mie piucche agli altri si rende malagevole un tale impegno, e per lo mio scarso talento, e per la situazione in cui mi ritrovo. Non nego di essere stato fortunato in Italia, e di aver acquistato con poco merito maggior onore di quello mi si doveva, ma ciò è derivato dalla miseria, in cui languivano i Teatri del mio Paese, ed il poco che ho fatto mi ha valuto per molto. Ora sono in Parigi, dove il valoroso Molier gettati ha i semi della vera Commedia e dove tanti felici ingegni l'hanno sì ben coltivata, ed adorna. Un popolo sì illuminato per natura, per educazione, e per genio, avvezzo alle più brillanti, e alle più regolate rappresentazioni non averà per me l'indulgenza dè miei parziali compatrioti: ed ecco la ragione del mio timore, che amareggia ogni mia contentezza. Ma vano è ormai ogni mio pensamento. Mi sono lasciato adulare dalla speranza: ho ceduto al cortese invito. L'amor proprio mi ha consigliato, mi ha quì condotto. Sono nel grande impegno, e deggio addempierlo, come posso.*

*Oltre ai disavvantaggi del mio talento, ho quello ancora di una lingua straniera. Non so scrivere assolutamente Francese, ma quando anche il sapessi io deggio scrivere per degli attori Italiani. Il maggior onore della Commedia Italiana è ch'ella stata sia ricevuta in Francia, e tuttavia si mantenga stipendiata dal maggior Monarca del mondo, e ben veduta dalla più colta nazion dell' Europa. Considero non per tanto, che le Commedie rappresentate in Parigi fin' ora dagl' Italiani sono state mera mente giocose, e che l'abilità delle maschere ha prodotto di esse il maggior bene, e il miglior effetto. Jo sono ammiratore di tali valentissimi Personaggi. Lodo ancor' io lo spirito, e la franchezza de' nostri attori, che si distinguono da tutti gli altri del Mondo nell' improvviso, e sono persuaso, che non si abbia a perdere intieramente un sì bel privileggio della nostra nazione, ma io ho fatto l'uso di scrivere le Commedie diversamente, ed ho seguitato, come ho pututo, le tracce de' migliori Maestri. So, che pochissimo ho profittato, ma pure non so staccarmi dal mio sistema. Darò di mal cuore, e per compiacenza delle Commedia a* soggetto *se ne vorranno, ma per la prima, ch'io deggio esporre non ho coraggio di farlo.*

*Voi, signor mio, che per bontà vostra v'interessate per l'onor mio, giustamente mi avete fatto considerare, che una Commedia intieramente scritta in favella Italiana non sarà intesa in Parigi comunemente. Il riflesso è verissimo: molti intendono l'I-*

*taliano, ma non già tutti, e tutti quei, che concorrono ad un tale ſpettacolo hanno ragion di voler intendere. So par altro qual ſia l'ingegno vivace, e pronto degli Franceſi, e ſo che poco baſta per farli intendere. Se meno mi fidaſſi del loro ingegno o avrei laſciato di ſcrivere, o avrei ſtampata la mia Commedia colla traduzione in Franceſe, ma nel primo caſo avrei mancato al mio debito, e nel ſecondo avrei moſtrata troppa temerità. Ho ſcelta la via di mezzo, ho formato un' eſtratto della Commedia, ho reſo conto in eſſo di ciò, che ſi tratta di ſcena, in ſcena, ho penſato di farlo mettere in voſtra lingua, e di pubblicarlo, e ſon ſicuro, che il poco, che leggeranno ſervirà agli uditori eſperti per far loro intendere il dialogo, l'intereſſe, e l'intreccio. Ho di biſogno per queſto di un traduttore, ed ecco, Signor mio, la ragione, per cui vi ſpediſco gli anneſſi fogli.*

*Voi, che mi amate; voi, che intendete l'Italiano ſi bene, come il Franceſe; voi che compiacciuto vi ſiete di traddurre qualche altra opera mia, tradducete, vi ſupplico, ancora queſta, è datele quell' avia di, e ſemplicità e di chiarezza, che io non avrò ſaputo addoprare. Le prove di ſincera amicizia, che mi avete date fin'ora mi aſſicurano della voſtra condeſcendenza, ed io vi avrò un debito infinito, e ſarò ſempre, quale con vera ſtima, e riſpetto vi aſſicuro di eſſere.*

Voſtro ùmiliſſimo obbligatiſſimo
ſervitore GOLDONI.

# TRADUCTION

*De la Lettre de M. GOLDONI à M. MESLÉ.*

ME voici, Monſieur, à la veille de faire repréſenter à Paris la premiere Comédie que j'y ai faite. La choſe du monde qui me flattoit le plus, tant que je ne l'ai vû que dans l'éloignement, me fait trembler maintenant que je ſuis au moment d'en jouir. Vous ſçavez, Monſieur, la difficulté qu'il y a de réuſſir dans les ouvrages Dramatiques, vous qui êtes un ſi bon connoiſſeur du Théâtre, vous qui l'aimez & le fréquentez. Mes foibles talens, & les circonſtances où je me trouve rendent la choſe encore plus difficile pour moi que pour tout autre. Je conviens d'avoir eu quelque ſuccès en Italie. On m'y a fait ſans doute plus d'honneur que je n'en méritois; mais il faut l'attribuer à l'état miſérable où languiſſoient les Théâtres de mon pays. On a crû devoir me tenir un grand compte du peu que j'ai fait pour les relever. Aujourd'hui je ſuis à Paris où le célebre Moliere a laiſſé les ſemences de la vraie Comédie, & où tant de génies heureux l'ont cultivée & embellie. Un peuple auſſi éclairé que les François, & dont les lumieres naturelles ſont encor augmentées par l'éducation, un peuple accoutumé aux repréſentations des piéces les plus ſublimes & les mieux conduites, n'aura pas pour moi l'indulgence & la partialité de mes charitables compatriotes. C'est ce qui cause mes craintes, c'est ce qui empoisonne ma joie, & altére mon bonheur. Mais toutes mes réflexions sont inutiles à présent. Je me suis laissé flatter par l'espérance, j'ai cedé à une invitation pressante & glorieuse. L'amour propre m'a conseillé & m'a conduit ici. Je me suis chargé d'une entreprise difficile, il faut donc la remplir comme je pourrai.

Outre les désavantages de mon peu de talent, j'ai encore contre moi celui d'une langue étrangere. Je ne sçais point absolument écrire en François, & quand je le sçaurois, il faut que j'écrive pour des Acteurs Italiens. Le plus grand honneur qu'ait jamais eu la Comédie Italienne est sans contredit d'avoir été reçue en France, d'y être soutenue & protégée par le plus grand Roi du monde, & d'y être accueillie par la nation de l'Europe la plus cultivée. Je trouve néanmoins que les Comédies Italiennes qui ont été représentées à Paris jusqu'à présent, n'ont été que des pieces bouffones, & qu'elles ont dû leur plus grand succès à l'habileté des Acteurs à masques. Je suis assurément un des premiers admirateurs de ces sortes de Personnages, & des Acteurs qui les jouent, & je ne puis faire trop d'éloges du génie & de la présence d'esprit de nos Acteurs, qui par l'art difficile qu'ils ont de parler à l'impromptu, méritent d'être distingués des Acteurs des autres nations. J'ajoute même que ce talent qui n'appartient qu'à nous, est trop beau pour le laisser périr. Mais, Monsieur, je suis dans l'usage de composer differemment mes Comédies, & j'ai suivi tant que j'ai pû les traces des meilleurs maîtres. Quoique je sçache bien que j'aye peu profité de leurs leçons, je ne puis me détacher de mon systême. Je donnerai par la suite, si on le veut, des Pieces à cannevas, mais ce sera malgré moi & par pure complaisance. Quant à présent, & pour la premiere Comédie que je donne au Public, je n'ai pas le courage de le faire.

L'intérêt que vous avez la bonté de prendre à ma réputation, vous a engagé, Monsieur, à me faire une heureuse observation. Vous m'avez fait considerer qu'une Comédie entierement ecrite en Italien, ne seroit point universellement entendue à Paris. Votre réflexion est très-juste. Plusieurs François, il est vrai, entendent l'Italien, mais ce n'est pas le plus grand nombre, & tous ceux qui vont à un spectacle, ont raison de vouloir l'entendre. Je sçais bien que l'esprit françois a tant de vivacité & d'aptitude, qu'il faut peu de chose pour lui faire comprendre le sens d'un ouvrage; aussi, sans la confiance que j'ai eue dans le génie de votre nation, ou je n'aurois rien composé, ou j'aurois fait imprimer ma Piece avec la traduction Françoise. Mais d'un côté ç'auroit été manquer à mes engagemens; de l'autre, ç'auroit été montrer trop de présomption. J'ai pris un milieu dans ces deux partis. J'ai fait un Extrait de ma Comédie, & j'y ai rendu compte Scene par Scene de tout ce qui se fait dans la Piece. J'ai résolu de faire mettre cet Extrait en François, & de le faire imprimer. Je suis bien persuadé que cet Extrait, quelque sommaire qu'il soit, suffira aux spectateurs pour leur faire comprendre le Dialogue, l'Intérêt & l'Intrigue.

J'ai besoin pour cela d'un Traducteur, & je n'ai pas cru, Monsieur, pouvoir mieux m'adresser qu'à vous qui m'aimez & qui entendez l'Italien aussi bien que le François, & qui vous êtes déjà fait un plaisir de traduire quelques-uns de mes ouvrages. Je vous prie donc d'avoir encor cette complaisance pour l'Extrait que je vous envoie, & de lui donner ce ton de simplicité & de clarté qui est au-dessus de mes forces. Les preuves de la sincere amitié que vous m'avez données jusqu'à présent, ne me permettent pas de craindre un refus. Soyez, je vous prie, persuadé que je vous en aurai une obligation infinie, & que je serai toute ma vie avec une véritable estime, & une sincere amitié,

MONSIEUR,

Votre, &c. GOLDONI.

*A Paris le 2 Novembre 1762.*

# LERTTE

*De M. MESLÉ, en réponse à celle de M. GOLDONI.*

JE vous envoie, Monsieur, la traduction de votre Extrait, qui malgré les détails que vous avez eu soin de lui donner, ne présentera qu'une idée imparfaite de votre Piece. Je vous avoue que ce n'est qu'après l'avoir lûe en entier sur le manuscrit que vous m'avez confié, que j'en ai senti les beautés. L'Extrait m'en avoit bien indiqué le sujet & la marche, mais il ne m'avoit pas rendu la finesse, la vivacité & les plaisanteries du Dialogue, le jeu, la chaleur & l'intérêt des situations, la liaison & l'apropos des Scenes que la Piece entiere m'a fait connoître.

Au reste j'ai conservé autant que le génie de notre langue a pû le permettre, vos tours & vos expressions, surtout dans les morceaux de Poësie. Mais à cet égard, j'ai cru que la prose ne feroit pas assez sentir aux François qui n'entendent point l'Italien, l'harmonie & la beauté de vos vers ; & comme j'ai craint en même-temps que la servitude de la rime ne m'éloignât trop de votre texte, & ne défigurat vos pensées ; j'ai pris le parti de mettre en vers blancs le Sonnet, la Cantate, & le Madrigal, en vous suivant vers à vers, & en employant, tant qu'il a été possible, les mêmes épithetes, & la même mesure que vous. Je souhaite de tout mon cœur, que cette traduction vous fasse autant de plaisir que j'en ai eu à la faire, & je m'estimerai toujours trop heureux, quand le peu de connoissance que j'ai de votre langue, me procurera l'occasion de vous être utile, je vous prie même instamment de la faire naître souvent; il est bien juste que ce que je sçais d'Italien soit employé pour vous, puisque c'est à vous que je le dois, & que ce n'est qu'en vous lisant que j'ai connu & aimé les beautés de cette langue, & que j'y ai fait quelques progrès. Je ne vous fait point ici un vain compliment; j'ai pour garand de ma sincérité, M. de Voltaire, l'homme de France qui se connoit le mieux à tout. Il a écrit quelque part qu'il faisoit apprendre l'Italien dans vos Pieces, à la petite fille du grand Corneille, qu'il a chez lui, comme vous sçavez.

Au surplus, Monsieur, l'estime particuliere que ce grand homme fait de vous & de vos ouvrages, les témoignages publics qu'ils en a rendus en prose & en vers; les principaux caracteres & presque le fonds de la plupart de vos pieces que nos Auteurs ne dédaignent pas de transporter tous les jours avec succès sur le Théâtre François, l'accueil que nous avons fait en dernier lieu à deux de vos Comédies jouées successivement sur le Théâtre Italien, l'une vos *Pettegolezzi* ajustée en François sous le titre des *Caquets*; l'autre votre *Fils d'Arlequin perdu & retrouvé*, donnée en Italien, les traductions de plusieurs autres, l'ardeur avec laquelle vos œuvres en général ont été recherchées ici; tout enfin doit vous rassurer sur les craintes que votre modestie m'exprime dans votre Lettre,

& vous convaincre mieux que ce que je pourois vous dire, que vous n'êtes point étranger en France. Vos talens vous y ont naturalisé depuis long temps, & rien ne peut plus vous faire perdre une réputation si bien, si justement établie & fondée sur un nombre si prodigieux d'excellents ouvrages.

Mais en supposant, Monsieur, que la Piece que vous allez donner à Paris n'y réussisse pas comme elle auroit fait en Italie, il ne faudroit pour cela ni désesperer pour l'avenir, ni même vous en étonner. Le Théâtre pour lequel vous travaillez, ni ceux qui le fréquentent ne sont pas accoutumés, du moins quant au genre Italien, à la finesse, à la régularité, ni à la conduite que vous observez, & auxquelles vous avez sçu ramener les Théâtres de votre pays (dont le Théâtre Italien de Paris est l'image dans ce genre.) Vous avez banni de chez vous, comme le dit encore M. de Voltaire, les farces insipides, les sottises grossieres qui les deshonoroient; mais elles sont encor adoptées ici. Par la malheureuse habitude que nous avons d'y rire, nos oreilles & nos yeux ne se feront peut-être pas tout de suite à un comique simple, naturel, raisonnable, mais noble & intéressant, & dénué de cet appareil éclatant qui accompagne souvent quelques unes de nos Comédies Italiennes.

Esclaves de ces futilités, nous le sommes encor des masques dont votre génie vous a delivré. Vous les avez fait oublier en Italie, & sans eux on deserteroit en France les Pieces Italiennes. Il eſt cependant bien aisé de concevoir combien cet antique & ridicule uſage nuit à l'art de l'Acteur, & au plaiſir du ſpectateur. Si l'ame eſt le Siége des Paſſions, le viſage en eſt le tableau, & ſes expreſſions ſont toujours plus vraies, plus eloquentes & plus promptes que celles de la voix & du geſte. Plus il peut être découvert, plus l'Acteur qui a de l'ame, a de reſſources pour rendre toutes les vérités de ſes ſituations, & en remplir le ſpectateur. Que l'on interroge la deſſus nos grands tragiques, les *Le Kain*, les *Brizard*, &c. On apprendra d'eux qu'ils gemiſſent quand la loy du Coſtume les oblige de porter des Caſques, des Turbans &c. qui leur cachent un peu le front, parcequ'alors tout leur art ne peut ſe développer, & que la moindre partie du viſage leur eſt neceſſaire pour bien exprimer ce qu'ils ſentent. Il ny a guerre de Comedie quelque bouffonne qu'elle ſoit, qui ne ſoit ſuſceptible des mêmes paſſions que la Tragedie à quelques nuances prés: mais ſans parler de la joie, de la crainte, de la douleur, du plaiſir, de la colere & de tous les autres ſentimens qui appartiennent egalement à l'ame & au viſage, je ne parle icy que des effets qui dependent uniquement du viſage, comme la rougeur, la paleur &c. peut-on les voir ſous un maſque? n'eclate t-on pas tous les jours d'un rire ironique & mépriſant chaque fois qu'Arlequin eſt annoncé rougir ou palir? L'impoſſibilité frappante de le remarquer ôte ſur le champ l'intéreſt, & l'intéreſt oté quel plaiſir reſte t'il à des gens raiſonnables? Je ſcai bien qu'il faut que le ſpectateur ſe faſſe quelquefois illuſion ſur bien des choſes, mais il faut, aumoins, qu'à côté de l'erreur il y ait un peu de vérité, & que l'illuſion ne ſoit pas un aveuglement. Or à quel dégré ne faut-il pas s'aveugler pour prendre Arlequin avec ſon maſque hideux pour une jeune & belle Princeſſe, comme il faut le ſuppoſer dans quelques Piéces Italiennes.

Une des plus grandes contradictions de l'eſprit humain, c'eſt ſans doute la différente diſpoſition dans laquelle nous nous trouvons aux deux Comédies de Paris. Nous ſommes aux Italiens avec un autre gout, d'autres yeux, & même une autre ame qu'aux François. On diroit qu'il y a un Taliſman aux portes des deux Théâtres, qui au moment que nous y mettons le pied nous transforme, & nous métamorphoſe ſans que nous nous en apercevions. Nous applaudiſſons à l'un, ce que nous ſifflerions à l'autre. Tout le naturel, tout l'art, tout le jeu, tous les agréments des *Préville* & des *Dangeville*, ne nous rendroient pas ſeulement ſupportables, ce que les *Carlin* & les *Camille* nous rendent délicieux. Il ne faut pas, je crois, chercher les raiſons de cette contradiction ailleurs que dans l'habitude; & vous ſçavés Monſieur, qu'à cet égard l'eſprit eſt bien plus difficile à guérir que le corps.

Je ne prétends pas, il s'en faut de beaucoup, avilir nos Acteurs Italiens, dont j'eſtime & j'admire autant que vous, les talents. Il y a longtemps que j'ai reconnû dans l'*Arlequin*, dans le *Pantalon*, & dans tous ceux qui compoſent à Paris la ſçene Italienne, non pas ſeulement ce qu'on appelle *un bon Arlequin*, *un bon Pantalon*, &c. mais des Comédiens excellens, & des Acteurs pleins d'ame & de génie. Je ne m'en prends donc point aux Comédiens Italiens, de la miſere des Comédies Italiennes. Je les crois au contraire très en état de ſeconder les vues d'un réformateur habile qui entreprendroit de nous tirer des ténébres & des jeux de l'enfance. Mais je m'en prends à notre goût qu'ils ſont obligés de ſervir, à l'uſage qu'ils ſont obligés de ſuivre.

Vous aurés donc, Monſieur, à combattre les progrès de l'habitude & du préjugé pour nous faire ſentir le prix de vos Comédies Italiennes, qui ne reſſemblent tout au plus que par l'idiome à celles que l'on donne ici ordinairement, & vous allés être gêné non-ſeulement par les ſpectateurs, mais encore par les Acteurs, qui, accoutumés à n'avoir point de rôles écrits dans les piéces Italiennes, & par conſéquent à ne point apprendre par cœur, ſeront eux-même gênés par un travail inuſité, & n'auront peut-être pas d'abord dans le débit cette aiſance, & ce naturel qui font oublier l'Auteur & l'Acteur, pour ne laiſſer voir que le perſonnage. Je crois que vous n'avés qu'un moyen de vaincre tous ces obſtacles; c'eſt de n'avoir que votre génie pour guide, de ne le point aſſervir à des idées étrangeres, de nous élever juſqu'à vous, plutôt que de deſcendre juſqu'à nous, en un mot de compoſer en France, comme en Italie, & de copier comme vous avés toujours fait, la nature qui eſt la même par tout.

Il n'eſt point de milieu ſuivant moi. Si vous voulés allier votre genre au notre, vous ferés des monſtres qui ne vous plairont pas plus qu'à nous. Je ne dis pas cela pour votre *amour paternel* où vous avés ſçu par un heureux effort de l'art, conſerver votre *maniere*, en prenant le ton François, & en vous familiariſant avec le caractere de nos Acteurs, parce que c'eſt notre genre noble & délicat que vous avés adopté, & non notre genre Italien, & que vous l'avés fait avec une facilité naturelle.

La contrainte, vous le ſçavez mieux que perſonne, n'eſt pas faite pour les ouvrages d'eſprit. Que craignez-vous de donner au vôtre tout ſon eſſor ? Vous voyez ſouvent depuis que vous êtes à Paris, l'accueil que l'on fait au *Fils d'Arlequin*, & au pathetique de cette Piece qui ſort de la forme ordinaire de la plûpart de nos autres Comédies Italiennes. Il en ſera de même pour tous les ſentimens que vous voudrez peindre quand vous le ferez avec l'art qui vous eſt propre. Ce ſeroit bien mal préſumer de nous, que d'imaginer que vous ne nous ferez pas goûter tôt ou tard des Pieces comme les vôtres, priſes dans le ſein même de la nature, dont on vous appelle le fils avec raiſon, des Pieces qui intéreſſent par l'intrigue, touchent par les ſentimens, plaiſent par le Dialogue, amuſent par les bonnes plaiſanteries qui naiſſent des choſes, & non des mots, ſurprenent par les ſituations, inſtruiſent par la morale, ſatisfont par le dénouement, & qui en un mot reſſemblent plus à nos bonnes Comédies Françoiſes, qu'à nos farces Italiennes.

J'en

J'en appelle non-ſeulement à tous ceux qui ont vu repréſenter vos piéces, mais encore à ceux qui n'ont pû que les lire, ſoit dans les originaux, ſoit dans les traductions qui ont été faites de quelques unes. Dans les cent douze Comédies que vous avés compoſées, ſans compter vos Opéra-Comiques qui ſont encore en grand nombre, je ſuis perſuadé qu'il y en a beaucoup qui dans les mains, je ne dis pas d'un Auteur décidé, mais ſeulement d'un homme un peu connoiſſeur du Théâtre, & un peu zélé, pourroient avec les changemens qu'éxigent néceſſairement nos mœurs, & les loix de notre Théâtre, mériter les honneurs de la ſçene Françoiſe. Auſſi inviterois-je ſi j'en avois l'occaſion, & tous les Auteurs & tous les gens de goût qui ne connoiſſent pas vos ouvrages, à ſe convaincre dans la nouvelle, & belle édition que vous en faites actuellement, de ce que je viens de dire, & à l'effectuer, heureux de pouvoir au moins par là contribuer en quelque choſe à l'honneur du premier théâtre de l'Univers.

Ce ſeroit lui rendre un grand ſervice, ainſi qu'à la nation, d'augmenter un peu le riche & ſuperbe fonds qu'il a déja; mais qui tout excellent qu'il eſt, s'uſe de jour en jour, & demanderoit d'autres nouveautés comiques, que celles qu'on y voit la plupart du temps. Les traces de Moliere ſont perdues, & la vraie Comédie eſt oubliée : nous ne manquons ni de vices, ni de ridicules; mais nous manquons de bons peintres, pour les copier, ou du moins ils ſont bien rares, & leurs pinceaux se reposent souvent. Il faut plusieurs années pour voir éclore une Comédie digne de ce nom & de la posterité. On croit maintenant en avoir fait une bonne, quand on a barbouillé (passés moi le terme) quelques portraits, & qu'on les a cousus ensemble tant bien que mal à de froids madrigaux, & à des maximes triviales, où l'on apperçoit toujours l'effort & le travail, quelquefois l'esprit, mais jamais le génie. C'est lui cependant qui fait la bonne Comédie & la bonne Tragédie, plus que l'esprit. Je les comparerois volontiers au général & au soldat. Le premier est fait pour concevoir, combiner, prévoir, arranger; l'autre n'est fait que pour agir & exécuter. Le bon général conçoit bien, le bon soldat exécute bien. Voilà le génie & l'esprit.

Vous entendrés publier par tout, vous lirez même dans quelques modernes brochures, un sistême qui vous étonnera. On prétend que tout est épuisé par Moliere & ses successeurs, que les vices & les ridicules sont toujours les mêmes; mais que les goûts sont changés, enfin que nous ne sçavons plus rire. Vous ne le croirés pas, & vous aurés raison. Ce que vous avés fait vous même, vous prouvera ce qui seroit à faire. La nature n'est-elle pas un fonds inépuisable pour nous comme pour vous? Ce qui nous fait paroitre difficiles à rire, c'est qu'on s'y prend si mal pour y réussir, qu'en effet nous ne rions pas, ou que dumoins nous ne connoissons plus, *quella specie di riso, che viene dal frizzo nobile è spiritoso, ed è proprio degli uomini di giudizio.* Ce qui fait croire notre goût changé, c'eſt le changement, non pas des vices, car le cœur humain eſt toujours le même, mais des ridicules qui ont des nuances differentes que dans le dernier ſiécle, & qui à pluſieurs égards ne ſont plus abſolument les mêmes. Voilà pourquoi pluſieurs bonnes piéces anciennes n'ont plus pour nous la même ſaveur. Nous n'y rions plus avec la même vérité. Peut-être ne ſeroient elles pas accueillies aujourd'hui, ſi on les donnoit pour la premiere fois. Leur ancienne réputation les ſoutient, l'habitude y fait aller, & une mauvaiſe honte empêche de les juger. On crieroit au blaſpheme contre celui qui oſeroit parler froidement d'une Comédie célebre, dont le brillant ſuccès conſervé par la tradition, eſt devenu une loi irrévocable Je ne crois pas cependant que l'on en ſoit intérieurement la dupe. Dans un ſiécle où l'eſprit philoſophique s'étend ſur tout, & où l'on aime tant à chercher le phiſique des choſes, on doit s'appercevoir que cette piéce célébre qui devoit avec raiſon amuſer autrefois, doit néceſſairement être inſipide aujourd'hui, parce qu'elle nous préſente des objets que nous ne connoiſſons pas par nous mêmes, & que, hors du Théâtre, nous ne voyons plus nulle part. Il y a, ſi je puis me ſervir de cette expreſſion, une eſpéce de coſtume dans les ridicules qui varie après un certain temps, & que le bon peintre doit toujours ſuivre, pour faire un tableau parfait. Cette matiere demanderoit à être développée, & je me hazarderois de le faire, si cette Lettre n'étoit déja trop longue pour la grossir encore des détails indispensables qu'exigeroient les preuves, & les exemples qu'il faudroit vous donner. Je me propose en m'instruisant avec vous dans nos entretiens particuliers, de vous faire part de mes réflexions à ce sujet.

Mais je crois devoir vous prévenir ici sur un second sistême plus barbare que le premier, & que le hazard pourroit bien vous faire lire encore. On m'assure que l'on a imprimé quelque part, que la Comédie étoit tellement épuisée, qu'il ne lui restoit plus de ressources que dans le fiel de la satire. Ne croyés pas je vous prie, Monsieur, pour l'honneur de mes concitoyens qu'ils adoptent ce principe. On le déteste, on le regarde comme une preuve évidente du manque de talens dans ceux qui l'avancent & qui le suivent. On est persuadé que le genre de la satire est de tous le plus méprisable, comme il est le plus aisé, & il est pour nous, comme pour toutes les nations honnêtes & cultivées, la marque d'un très petit esprit, & d'un très mauvais cœur.

En tout cas s'il étoit possible que ce second sistême eut pris autant de crédit que le premier, dont l'erreur est sans doute plus excusable parce qu'elle ne vient pas du cœur, vous les détruiriés bientôt l'un & l'autre par votre fécondité, & par la variété, la vérité & le naturel de vos caractères, & de vos sujets. Quoique le genre auquel vous êtes appellé ne soit pas précisément le genre ordinaire de la nation, la réformation de l'un conduira insensiblement à la réformation de l'autre, & en voyant de bonnes Comédies Italiennes, on apprendra à faire de bonnes Comédies Françoises.

Je vous ai à peu près fait entrevoir les écueils que vous avez à craindre. Je n'ai pas cru devoir vous parler de ce qu'on appelle ici *les Cabales*, parce qu'elles ne peuvent plus rien contre votre célébrité. Je vous avouerai d'ailleurs que c'est la plupart du temps une chimere enfantée par l'amour propre des Auteurs justement tombés pour tacher de couvrir l'humiliation de leur chute. Je l'ai vû servir d'excuse, dans je ne sçais combien de préfaces de piéces où j'avois été témoin de la disposition la plus favorable pour les Auteurs, & où je n'avois remarqué d'autres cabales que celles qu'ils avoient eux mêmes postées pour les proteger. Ces Cabales d'amis sont sans contredit beaucoup plus frequentes & plus nombreuses que les autres. Elles agissent souvent si lourdement qu'elles revoltent les esprits les plus tranquilles, & produisent un effet tout contraire à leur destination; mais on a beau faire: tous ces petits stratagêmes pour réussir malgré Minerve, toutes ces mesures prises quelquefois de si loin, ces injustes & grossiers applaudissements, cette cerémonie usée de demander l'Auteur qui devroit être reservée pour le talent, & la sublimité, tout cela n'en impose à personne & ne rend pas la piece meilleure. Le flambeau de la vérité dissipe bientôt ces fausses lueurs, & l'Auteur & l'ouvrage sont condamnés au néant par la voix publique qui s'eleve d'autant plus haut qu'elle a été dabord étouffée par les cris de l'erreur. N'est il pas juste Monsieur, que dans l'Empire des lettres qui est une république, la liberté qui doit toujours y regner, recouvre enfin ses droits, & en banisse les tyrans & les usurpateurs.

Je ne sçaurois nier que la malignité & la basse jalousie se soient armés contre les meilleures piéces ; mais le temps remet aussi à cet égard les choses dans l'ordre, & jai presque toujours vû l'envie térassée tôt ou tard, & le vray merite reconnû d'une ou d'autre façon. Je vous citeray Mr. *de Belloy* que vous connoissés & que vous admirés. L'Honneur que lui a fait son *Titus* imprimé l'a bien dédomagé des coups qu'on lui avoit injustement portés à la représentation, & il a été encore bien mieux vangé depuis par les constans & justes applaudissements qu'a eus, & qu'aura toujours sa *Zelmire*, dont vous vous proposé d'enrichir votre Patrie.

Je ne dois pas finir ma lettre sans vous observer que je suis entierement de votre avis sur les Piéces à *Cannevas*, & sur les sçenes à l'*impromptu*. Je n'ai pas entendu dans ce que je vous ai dit, qu'il falut absolument en priver le Théâtre Italien, ni que vos Comédies dussent en exclure celles qui y sont. Il y a au Théâtre François des Comédies de differens genres; il n'y a point d'inconvenient qu'il en soit de même pour les Comédies Italiennes. Cette varieté peut au contraire être quelquefois utile à nos plaisirs. J'ai dit seulement, & je le repête qu'il est bien à souhaiter que votre genre devienne le dominant, & que vous soyés assés ferme pour ne le point affoiblir dans vos compositions, par le mélange de l'autre.

Vous avés du voir aussi que dans ce que je vous ai dit de la Comédie Italienne, je n'ai parlé que du gente Italien en particulier, & non du Théâtre Italien en général ; si j'avois eû pour objet les autres genres que ce Théâtre réunit, soit en piéces Françoises, soit en piéces de Musique, je n'aurois pas manqué de vous marquer le cas que je fais & des piéces, & des Acteurs. Mais comme les justes éloges qui leur sont dus, sont étrangers au sujet de ma lettre, je chercherai avec empressement, une autre occasion de leur payer ce tribut, dont j'aurois tant de plaisir à m'acquiter ici.

A votre égard Monsieur, je vous ai parlé peut être trop librement, mais comme dit votre *Philosophe Anglois*, dans votre Comédie de ce titre,

*Soglio agli amici in faccia*
*Dir con rispetto il vero, ancor quando dispiaccia.*

Je vous proteste avec toute la sincérité de ce Philosophe, que je suis avec la plus parfaite estime, & la plus vive amitié, Monsieur,

Votre très-humble, & très obéissant serviteur MESLÉ.

*A Paris ce 10 Novembre 1762.*

# *ACTEURS.*

| | |
|---|---|
| PANTALON, *de Bisognosi.* | M. Collalto. |
| CLARICE, *fille de Pantalon.* | Mde. Savi. |
| ANGELIQUE, *autre fille de Pantalon.* | Mlle. Piccinelli. |
| CELIO, *Amant de Clarice.* | M. Zanuzzy. |
| SILVIO, *Amant d'Angelique.* | M. Baletti. |
| FLORINDE, *homme vain & présomptueux.* | M. Rubini. |
| PÉTRONIO, *homme ignorant* | M. Savi. |
| CAMILLE, *amante d'Arlequin.* | Mlle. Veronese. |
| SCAPIN, *valet de Pantalon.* | M. Chiavarelli. |
| ARLEQUIN, *amant de Camille.* | M. Carlin Bertinazzi. |

*La Scene est à Paris dans une Salle de Compagnie de la maison de Camille.*

# EXTRAIT
## DE
# L'AMOUR PATERNEL,
## *COMEDIE ITALIENNE.*

## ACTE PREMIER.

### SCENE PREMIERE.

ARLEQUIN, *en habit de campagne*, SCAPIN.

ES deux Acteurs entrent ſur la ſcene par un côté différent, & ſe rencontrent. Scapin fait compliment à Arlequin ſur ſon retour de la campagne ; Arlequin, Amant de Camille, & jaloux de Scapin, témoigne la ſurpriſe où il eſt de le voir revenu à Paris, & le déplaisir que lui fait sa présence. Scapin explique à Arlequin les causes de son retour à Paris; il le fait ressouvenir que le Seigneur *Steffanello*, Negociant de cette ville, l'avoit envoyé à Venise auprès de son frere Pantalon, pour l'amener chez lui avec ses deux filles, Clarice & Angélique. Il lui apprend que Pantalon étoit sans fortune, qu'il ne subsistoit pour ainsi dire, que par les secours de son frere, & qu'il emploioit tout ce qu'il avoit, à l'éducation de ses deux filles qui en avoient si heureusement profité, qu'elles étoient devenues célebres, la premiere dans les Belles-Lettres, la seconde dans la Musique. Arlequin observe que *Steffanello* étant mort, Pantalon n'étoit plus dans le cas de venir à Paris. Scapin répond que Pantalon étant déja à Lyon quand il avoit appris la mort de son frere, il s'étoit déterminé à continuer son voyage par l'espérance d'hériter des biens de *Steffanello*; mais qu'arrivé à Paris, il avoit découvert qu'il n'avoit aucun droit à la succession. Au moyen de quoi il se trouvoit dans la plus grande détresse. Arlequin dit à cela que Pantalon devroit s'en retourner à Venise. Scapin lui réplique qu'il s'en seroit déja retourné, si Camille ne l'ût retenu auprès d'elle par ses bonnes façons. En cet endroit, Arlequin fait connoître qu'il ne sçavoit rien de tout cela, ayant été près de six semaines hors de Paris, pour faire les provisions de vin, de bois, &c. il est étonné que Camille garde chez elle tant de monde, & il se plaint qu'elle l'ait fait sans l'en avoir averti, & sans lui en avoir demandé permiſſion. Scapin demande à Arlequin par quelle raiſon Camille eſt obligée de dépendre de lui. Arlequin le lui explique, en déclarant que devant épouſer Camille, & tous les biens qu'elle poſſede devant par conſéquent être à lui, il ne prétend pas qu'elle en dépenſe une ſi grande partie pour l'entretien de quatre perſonnes. Il annonce formellement qu'il veut qu'elle renvoye Pantalon. Cette réſolution fournit à Scapin l'occaſion de faire des reproches à Arlequin, & de lui rappeller qu'ils ont été tous deux, ainſi que Camille, Domeſtiques du Seigneur *Steffarello*. Arlequin ſe vante d'avoir ſervi ſur un meilleur ton que Scapin, & de n'avoir été chez *Steffarello* qu'en qualité d'Intendant & d'Œconome. Scapin l'accuſe d'avoir friponné. Ils ſe prennent de paroles, & font du bruit. Alors Camille arrive.

---

## SCENE II.

CAMILLE, & *les Acteurs précédens.*

CAMILLE ſe réjouit d'abord du retour d'Arlequin. Elle s'informe enſuite du ſujet de la diſpute. Arlequin montre du réfroidiſſement pour elle, & beaucoup de mécontentement à l'égard de Scapin. Camille renvoye Scapin qui s'éloigne pour plaire à cette fille, dont il eſt amoureux.

## SCENE III.

CAMILLE, ARLEQUIN.

ARLEQUIN gronde Camille de tout ce qu'elle a fait pour Pantalon ; elle lui dit qu'elle y a été excitée par un ſentiment de compaſſion. Elle repréſente à Arlequin que tout le bien qu'ils ont, ils le tiennent du Seigneur *Steffarello*, & qu'elle ſe croit obligée de ſecourir ſa famille, *par reconnoiſſance, par honneur, & par équité.* Arlequin s'appaiſe, & veut bien ne plus faire de difficulté pour le paſſé ; mais il ne ſe rend pas de même pour l'avenir ; il veut que Pantalon, ſes filles & Scapin ſoient renvoyez ſous 24 heures. Camille trouve le terme trop court. Arlequin perſiſte & reſte ferme dans ſa réſolution. Il menace Camille de la quitter & de l'abandonner ſi elle n'exécute pas ſes volontés. Après quoi il ſort.

## SCENE IV.

CAMILLE *ſeule, & enſuite* PANTALON.

CAMILLE fait connoître qu'elle aime éperdument Arlequin, & qu'elle ne veut pas s'expoſer à lui déplaire & à le détacher d'elle. Elle dit qu'elle a fait tout ce qu'elle a pû pour Pantalon ; que c'eſt un homme raiſonnable, qu'il aura égard aux circonſtances où elle ſe trouve ; elle ſe diſpoſe en conſéquence à lui annoncer ſon départ, quand elle le voit paroître. Pantalon lui dit en arrivant , qu'il a appris de Scapin la mauvaiſe volonté d'Arlequin , qu'il ſent parfaitement la poſition où elle eſt. Il la remercie du bien qu'elle lui a fait juſqu'alors, & il lui annonce la réſolution où il eſt de s'en aller. Camille eſt charmée de lui voir prendre ſon parti, & d'être délivrée de la peine qu'elle auroit eue à le lui annoncer ; mais elle lui demande où il a deſſein d'aller. Il répond qu'il n'en ſçait rien lui-même. Camille lui fait différentes queſtions, elle comprend par ſes réponſes, qu'il a écrit à Veniſe pour faire vendre le peu de bien qui lui reſte, qu'il n'en pourra pas recevoir le prix de quelques mois : que pendant ce temps-là , il vendra tout ce qu'il peut avoir apporté à Paris tant pour lui que pour ſes filles, principalement les livres de Clarice, & la muſique d'Angélique ; que ce ſacrifice ſera bien dur pour ſes pauvres filles & pour lui ; mais cependant que l'honneur & la décence le forcent de partir, & qu'il partira bientôt avec ſes chers enfans ſans ſçavoir où aller. Ce diſcours touchant & pathétique attendrit la ſenſible & généreuſe Camille. Elle ne veut pas abſolument que Pantalon s'en aille. Elle ſe charge de faire entrer Arlequin dans ſes vues, & de le perſuader. Elle force Pantalon de reſter, elle ſe diſpoſe à aller trouver ſes filles pour les raſſurer, & les conſoler ; enfin elle exprime à Pantalon la compaſſion qu'il lui inſpire, elle l'engage à ne ſe point affliger, & elle ſort.

## SCENE V.

PANTALON *seul*, & *ensuite* CLARICE.

PANTALON ne peut s'empêcher de verser des larmes de tendresse & de joie. Il annonce son incertitude sur ce qu'il fera ; s'il partira, ou s'il restera. Clarice arrive consolée par ce que lui a dit Camille, & par les protestations qu'elle lui a faites. Elle cherche à consoler son pere qui exprime l'affliction & la douleur que lui causent sa situation. Clarice pour rendre à son ame sa tranquillité, lui donne des conseils qui respirent la morale & la philosophie. Ce tendre pere est enchanté des talens de sa fille. Il fait son éloge, elle s'en défend avec modestie. Pantalon demande à sa fille si elle auroit de l'inclination pour le mariage, dans le cas où elle trouveroit un bon parti. Clarice répond que les bons partis ne se refusent pas. Pantalon lui parle de quatre Italiens qui viennent quelquefois leur tenir compagnie, & faire la conversation avec eux ; il demande les sentimens de sa fille à leur égard. Elle lui dit ce qu'elle en pense, & fait par ce moyen connoître leur caractere aux spectateurs. Elle trouve que Celio est en général un aimable homme, mais qu'il est trop libre, & d'une franchise trop indiscrete & trop hardie ; que Silvio a l'esprit plus mur & mieux reglé, mais qu'il est trop serieux ; que Florinde n'est pas sans mérite, mais qu'il est trop présomptueux ; enfin que Petrone est un ignorant, qui honteux de ne rien sçavoir, n'ose blamer ni louer qu'après les autres. Pantalon continue de donner des louanges à sa fille. Il lui demande si elle ne lui fera pas voir quelqu'un de ses ouvrages. Elle lui répond qu'elle a un Sonnet qui n'est pas encore achevé. Pantalon demande à voir ce qu'il y en a de fait. Clarice pour lui obéir & le contenter, tire un papier de sa poche.

## SCENE VI.

ARLEQUIN, *& les Acteurs précédens.*

ARLEQUIN fait des complimens ironiques à Pantalon ; il lui demande quand il partira. Pantalon se tourmente & se chagrine. Arlequin apprend que Clarice est la fille de Pantalon, & que c'est elle qui est la sçavante. Il la complimente sur le même ton qu'il a pris avec son pere ; il lui demande si elle entend & si elle parle françois. Clarice se plaint de sçavoir peu cette langue. Arlequin lui dit que si elle ne sçait pas se faire entendre, il lui conseille de partir. Pantalon lui observe qu'il y a beaucoup de gens à Paris qui entendent l'Italien. Arlequin repond qüe *cela ne sert de rien*, que *cela ne fera rien, parce que le goût de la nation est different.* Clarice en convient. Elle loue le goût de la nation, & dit qu'à son égard elle *ne demande que de l'indulgence.* Arlequin lui répond » qu'on n'en » aura point pour elle. Clarice lui demande pour- » quoi? *Parce que*, dit-il, *les François vous di-* » *ront, nous sommes ici en France, & si vous ne* » *connoissez pas le goût François, il falloit rester* » *en Italie. Vous avez beau dire*, répond Clarice, *vous ne m'oterez pas l'espérance. Je ne suis pas venue ici de mon chef; c'est mon pere qui m'y a conduite, & j'y suis venue avec le plus grand plaisir, pour voir & admirer la plus belle Capitale de l'Univers. Depuis le peu de temps que j'y suis, j'ai reçu tant de politesses, que je suis on ne peut pas plus satisfaite d'y être venue. La galanterie Françoise est connue & admirée par tout. J'en vois encor plus que l'on ne m'en avoit dit. Et si mes foibles talens ne peuvent m'acquerir quelque estime, on ne peut blamer ma bonne volonté. Et je suis persuadée, oui très-persuadée que l'on aura au moins de l'indulgence pour moi.* Après avoir ainsi parlé, Clarice sort.

## SCENE VII.

### PANTALON, & ARLEQUIN.

ARLEQUIN continue d'impatienter Pantalon sur son départ, en affectant de vouloir lui être utile. Il lui offre d'aller pour lui au bureau des Coches retenir les trois meilleurs places, & il sort.

SCENE

## SCENE VIII.

### PANTALON *seul d'abord, & ensuite* ANGÉLIQUE.

PANTALON fait réflexion qu'Arlequin ne veut pas de lui dans la maison de Camille, qu'il sera par conséquent contraint de s'en aller, & que d'ailleurs en restant plus longtemps, il ne pourroit pas souffrir les impertinences de cet homme grossier. Angélique arrive. A la vue de sa fille, Pantalon est plus tranquille, & oublie tous ses chagrins. Angélique lui apprend d'un air gai & satisfait, qu'elle a achevé de mettre en musique la cantate dont sa sœur Clarice a composé les paroles. Pantalon rempli de joie à cette bonne nouvelle, donne des louanges à sa fille, qui y répond modestement. Pantalon continue ses transports de joie, & dit à Angélique que sa vertu, son mérite, & la beauté de sa voix, ne manqueront pas de plaire à Paris. Elle lui fait observer que le goût de la musique est bien different à Paris qu'en Italie. Pantalon alors lui parle ainsi : *Que dis-tu de la musique de ce pays-ci ?* *Dans tous les pays du monde*, répond Angélique, *il faut pour bien goûter une chose, y avoir les oreilles accoutumées. Le beau & le bon ne se connoissent bien que par comparaison ; si l'on compare sans passion, on trouve le bon par tout ; si au contraire l'esprit est prévenu, on trouve l'ennui par tout.* Pantalon continue de louer ſa fille ; il fait enſuite connoître ſon goût particulier pour la muſique dont il parle en homme qui n'en a aucune connoiſſance. On voit en lui le caractere d'un pere rempli de l'amour le plus vif pour ſes enfants, & dont les tranſports de tendreſſe dégenerent même dans une eſpéce de folie. Il prie Angélique de le conſoler par une Ariette. Elle eſt ſur le point de le ſatisfaire, quand Arlequin paroît.

---

## SCENE IX.

ARLEQUIN, *& les Acteurs précédens.*

ARLEQUIN dit à Pantalon qu'il vient de retenir pour lui trois places au coche. Pantalon ſe fâche, & s'en va, ne pouvant plus ſouffrir la vue d'Arlequin. Ce dernier continue les mêmes diſcours à Angélique qui lui dit que leur départ ne doit point le regarder, & que Camille eſt la maitreſſe de la maiſon. Après quoi elle ſort.

## SCENE X.

ARLEQUIN, *seul.*

IL réfléchit au ton impérieux avec lequel Angélique lui a parlé. Il le trouve conforme au caractere des musiciennes. Il se moque d'elle. Il dit qu'elle sera obligée de s'en aller ; que si elle n'a point d'argent, elle n'a qu'à s'habiller en pellerine. Ces propos le font tomber sur les femmes qui courent le monde sous cet habit, & il se divertit à leurs dépens.

*Fin du premier Acte.*

# ACTE II.

## SCENE PREMIERE.

### CAMILLE, SCAPIN.

Camille prie Scapin de l'aider à arranger la salle de compagnie. Elle lui fait porter une table, une épinette & des flambeaux avec des bougies. Il lui obéit avec assez de ponctualité, à cause de l'amour qu'il ressent pour elle. Il va & vient avec les choses qu'elle lui ordonne d'apporter. Camille, lorsque Scapin n'est pas auprès d'elle, dit à part, que tout ce quelle fait, c'est pour procurer un établissement aux filles de Pantalon, & qu'elle compte beaucoup sur l'admiration que leur mérite a fait naitre dans ceux qui les ont vues, depuis qu'elles sont à Paris. Scapin de temps en temps parle à Camille, & se plaint à elle de la préférence qu'elle donne à Arlequin. Camille tache adroitement de détourner la conversation. Scapin & elle tout en causant, arrangent & portent les chaises. Scapin en revient toujours à Arlequin, & Camille fait toujours voir son penchant & son amour pour lui. Scapin irrité, ne peut plus se contenir, il décharge sa bile en remuant les chaises avec violence. Camille le gronde.

## SCENE II.

ARLEQUIN, SCAPIN, CAMILLE.

ARLEQUIN voyant Scapin avec Camille, se fâche, & se plaint en lui-même, sans être apperçu. Il s'avance ensuite, & demande à quoi doivent servir tant de préparatifs. Camille lui dit qu'on doit venir faire la conversation, & s'assembler pour entendre chanter Angélique Arlequin dit qu'il ne le veut pas. Camille répond qu'elle s'y est engagée. Arlequin lui propose plusieurs moyens sots & extravagants pour se dégager. Scapin parle à Camille à l'oreille. Arlequin en conçoit de plus grands soupçons. Il dit des injures à Camille. Celle-ci se met en colere, & Scapin s'en réjouit. Enfin Arlequin plus courroucé que jamais, maltraite Camille, & s'en va.

## SCENE III.

### CAMILLE, SCAPIN.

CAMILLE reste un peu mortifiée. Scapin prend le ton ironique, & fait semblant de la plaindre de ce qu'elle a perdu un si joli amant. Camille dit qu'il n'est point perdu pour elle, que quand on s'aime bien, on ne peut gueres s'empêcher d'avoir quelquefois de petites querelles, & que c'est-là la preuve d'amour la plus claire. Scapin lui dit qu'elle est une entêtée; elle lui répond que sa conduite prouve sa constance & sa fidélité plutôt que son entêtement. Scapin se plaint de ce qu'une femme constante étant si difficile à trouver, ce rare bonheur tombe sur un faquin qui ne le mérite pas. Après quoi il sort.

## SCENE IV.

### CAMILLE, *seule.*

ELLE examine les causes de sa constance pour Arlequin. Elle les trouve dans l'amour, dans l'honneur & dans la foi de ses engagemens avec lui. Elle trouve que les promesses continuelles qu'elle a faites d'assister la famille de Pantalon, ont également l'honneur pour principe, & elle est fâchée de voir l'éloignement & la haine d'Arlequin pour cette famille ; mais elle se flatte de le faire changer. Elle met sa confiance dans le pouvoir que les femmes ont sur les hommes. Elle dit qu'elle ne se pique pas d'être belle, mais qu'elle a quelque chose qui plait ; qu'elle ne manque pas d'esprit, que ses yeux la servent bien, & que dans l'occasion elle sçait en tirer des larmes, qu'elle regarde comme les armes les plus puissantes de son sexe.

---

## SCENE V.

### CAMILLE, CELIO.

CELIO demande la permission d'entrer. Camille lui répond qu'il est le maître. Elle pense qu'il seroit un bon parti pour une des filles de Pantalon. Celio entre, salue Camille, & lui demande *comment elle se porte* Il demande ensuite des nouvelles de Clarice. Camille lui dit qu'elle va venir avec Angélique. Célio se déclare amant de Clarice, & ajoute qu'il laisse Angélique à son ami Silvio. Camille lui observe qu'elle ne s'est point encor apperçue que Silvio eut de l'amour pour Angélique Celio repond à cela que Silvio ayant été élevé en Angleterre, il a rapporté de ce pays là, un air sombre & taciturne ; mais que lui au contraire étant venu directement d'Italie en cette ville, il y a pris un caractere franc & ouvert; qu'ainsi il aime Clarice, & qu'il lui importe peu que tout le monde le sache. Camille lui parle de mariage; il tourne la chose en plaisanterie. Camille lui proteste qu'elle ne souffrira pas dans sa maison un amour qui n'ait pas le mariage pour objet. Elle est interrompue dans son discours par du monde qui frappe à la porte. Elle sort pour aller voir qui c'est.

## SCENE VI.

CELIO *seul d'abord, & ensuite* CAMILLE ET SILVIO.

CELIO dit à part qu'il n'auroit aucune difficulté d'épouser Clarice, s'il n'aimoit pas autant sa liberté qu'il l'aime. Camille fait entrer Silvio en lui disant qu'Angélique va venir dans l'instant. Celio salue Silvio, & lui demande *comment il se porte.* Silvio est ennuyé de cette question que lui fait tout le monde, comme s'il avoit l'air d'être malade. Celio lui dit que c'est un compliment d'usage. Camille dit à ce sujet quelques mots sur l'inutilité des cérémonies.

## SCENE VII.

CLARICE, CAMILLE, CELIO, SILVIO.

CLARICE fait en arrivant les politeſſes ordinaires, Silvio la ſalue ſans dire mot. Celio lui demande *comme elle ſe porte*. Silvio fait des contorſions qui annoncent la peine que lui cauſe cette queſtion. Clarice s'aſſied ſur la chaiſe qui eſt au bord du Théâtre. Celio ſe met à côté d'elle ſur la chaiſe ſuivante; Silvio ſe met de l'autre côté ſur la chaiſe qui eſt auprès de l'épinette, l'ouvre, & y trouve des papiers de muſique avec leſquels il s'amuſe, toujours ſans rien dire, & ſans prendre part à la converſation des autres, qu'il laiſſe parler en liberté. Celio commence par parler d'amour à Clarice qui appelle Camille, pour lui dire que Celio veut rire & plaiſanter avec elle. Camille lui répond que c'eſt tant mieux, & que cela pourra la diſſiper un peu de la détreſſe où elle ſe trouve. Silvio appelle Camille à ſon tour, & lui demande ſi effectivement les deux filles de Pantalon ſont dans la détreſſe. Elle lui dit qu'oui. Silvio s'offre de leur donner tout ce dont elles pourroient avoir beſoin; Camille lui répond que dès qu'elles ſont dans ſa maiſon, elles n'ont beſoin de rien; mais elle lui fait entendre que ces demoiſelles mériteroient bien de trouver un bon parti. Elle eſſaie de découvrir ſi Silvio a quelques diſpoſitions à épouſer Angélique ; mais elle ne peut tirer aucun éclairciſſement de ſes réponſes. Pendant ce temps-là Celio & Clarice cauſent tout bas enſemble. Clarice mécontente des diſcours de Celio, appelle Camille & lui demande où eſt ſon pere, Camille répond qu'elle n'en ſçait rien, & annonce en même temps l'arrivée d'Angélique.

## SCENE VIII.

ANGÉLIQUE, *& les Acteurs précédens.*

CELIO demande à Angélique *comment elle ſe porte.* Silvio lui reproche cette queſtion ridicule, dont il prétend que le bon viſage d'Angélique auroit dû le diſpenſer. Celio dit de Silvio, que c'eſt un homme ennuyeux & inſupportable, de vouloir ainſi réformer les uſages les plus ſuivis. Silvio prie Angélique de s'aſſeoir auprès de l'épinette ; Angélique dit à Camille de prier ſon pere de venir. Camille va avertir le pere, en louant la modeſtie des filles.

## SCENE IX.

CELIO, CLARICE, ANGÉLIQUE, SILVIO.

ANGÉLIQUE va s'asseoir auprès de l'épinette, les autres se placent comme auparavant. Silvio demande à Angélique, si la musique qui est dans l'épinette est à elle. Elle répond qu'oui. Silvio l'en félicite, & la prie de voir avec lui s'il y entend quelque chose ; alors ils s'occupent tous deux avec les papiers de musique. Pendant cela, Celio continue de parler d'amour à Clarice ; elle n'est pas contente de lui, parce qu'il ne veut pas parler à son pere. Celio paroit aussi mécontent, & dit à part. *Que les hommes sont malheureux ! les femmes sont pour eux ou trop faciles, ou trop severes ; dans les premieres il n'y a point de constance, & dans les autres point de complaisance.*

## SCENE X.

PANTALON, *les Acteurs précédens, & ensuite* SCAPIN, *qui survient.*

PANTALON salue tout le monde, & fait les complimens ordinaires. Celio paroit troublé & confus. Silvio l'appelle pour *sçavoir de lui* pourquoi il ne demande pas à Pantalon *comment il ſe porte.* Celio témoigne ſon chagrin & ſa mauvaiſe humeur. Pantalon lui dit de ſe tranquiliſer, qu'il va s'amuſer. Il propoſe à ſes filles de régaler la compagnie de quelque bel ouvrage. Celio ſe dit à lui-même qu'il faut qu'il prenne part à l'amuſement général, pour ne point faire connoître ſa foibleſſe. Scapin arrive, & annonce à Pantalon Florinde, & Petrone. Pantalon charmé de cette viſite, parce qu'ils entendront ſes filles, dit qu'on les faſſe entrer, Scapin va les introduire, en remarquant à part l'exceſſive tendreſſe de Pantalon pour ſes filles. Pantalon continue de les vanter.

---

## SCENE XI.

FLORINDE, PETRONE, *& les Acteurs précédents.*

FLORINDE ſe préſente avec des politeſſes affectées, & Petrone groſſierement, & lourdement. Ils font chacun leur compliment. Tout le monde s'aſſied. Petrone auprès de Celio. Florinde auprès de Petrone. Pantalon entre Florinde & Silvio Clarice, Angélique & Celio, comme ils étoient auparavant. Pantalon diſpoſe Florinde & Petrone à entendre ſes filles. Florinde dit à Pantalon que cela lui fera un plaiſir infini; mais il dit tout bas à Petrone qu'il va être à la torture. Petrone répond à Florinde, qu'il va souffrir autant que lui, & dit à part. *Je ne comprends rien ni à la musique, ni à la poësie.*

Pantalon ordonne à Clarice de lire le Sonnet qu'elle a composé le matin, & il prévient la compagnie qu'elle l'a fait en dix minuttes. Clarice s'excuse sur ce que le Sonnet n'est encore qu'ébauché. Pantalon lui dit de le lire comme il est, & l'engage à dire d'abord le titre. Clarice lit le titre suivant.

*Le passage des sciences d'un pays à un autre.*

Pantalon ne cesse de s'émerveiller. Clarice récite le premier Quatrain du Sonnet. Son pere l'interrompt par un transport de joie, & d'admiration, & pour expliquer à la compagnie le sens du Quatrain. Florinde dit tout bas à Petrone qu'il trouve mauvais ce commencement. Petrone le trouve de même. D'un autre côté Celio lui en fait des louanges, & il est alors de son avis. Pantalon ordonne à Clarice de relire tout depuis le commencement, & prie les autres de la laisser lire jusqu'à la fin sans l'interrompre. Alors Clarice lit le Sonnet Italien qui suit.

## SONETTO. *

*Del Nilo un tempo, e dell' Eufrate in riva*
*Sparse Minerva di scienza i frutti;*
*Indi del vasto Mar varcando i flutti,*
*Piantò l'arbor feconda in terra Argiva.*

*Roma, l'invida Roma in cui fioriva*
*La gloria sol de' popoli distrutti*
*Co i talenti di Grecia in lei tradutti*
*Dissipo l'ignoranza in cui languiva.*

*Sotto lungo doppoi Barbaro sdegno*
*Giacque incolta l'Europa, e i bei vestigi*
*Rinovo di Virtu l'Italo ingegno.*

*Ora la saggia Dea de suoi prodigi*
*Prodiga, è resa delle gallie al regno:*
*Mensi, Roma, e Atene oggi è in Parigi.*

### *Traduction du Sonnet en vers blancs.*

Autrefois sur les bords du Nil & de l'Euphrate
Minerve répandit les fruits de la Science;
Mais franchissant bientôt l'immensité des mers
L'arbre fecond des arts fut planté dans la Grece.

* Les regles du Sonnet Italien sont les mêmes que celles du Sonnet françois excepté que leurs vers ne sont que de onze pieds, & que les nôtres en ont douze; chez eux comme chez nous une sillabe fait un pied, & l'on ne compte pas celles qui souffrent l'elision.

Cette Rome jalouſe, & dont toute la gloire
Fut de donner des fers à cent Peuples détruits,
Ne put loin de ſes murs écarter l'ignorance
Qu'en y faiſant entrer les talens de la Grece.

L'Europe dans la ſuite aux Barbares livrée
Des Beaux Arts oubliés avoit perdû les traces
L'Italien ſçavant en ranima l'eclat.

Prodigue de ſes dons la ſçavante Déeſſe
Se fixant aujourd'hui dans l'empire des Lys
Réunit dans Paris, Rome, Athene, & Memphis.

---

Pantalon s'épuiſe en exclamations, en éloges, bat des mains, repete le dernier vers du Sonnet, & demande l'approbation de l'aſſemblée. Celio applaudit. Florinde loue tout haut Clarice, & tout bas en dit du mal à Petrone, qui dit comme lui. Celio de ſon côté dit à Petrone que le Sonnet eſt un chef-d'œuvre, & Petrone en dit autant. Celio ſe ſent de plus en plus pénétré du mérite de Clarice. Pantalon eſt dans le plus grand étonnement de ce que Silvio ne dit rien ; Silvio l'aſſure qu'il eſt l'admirateur de Clarice ; mais que ſa paſſion, c'eſt la muſique. Pantalon lui répond, que s'il veut de la muſique, il eſt bien aiſé de le contenter ; & il engage Angélique à chanter la muſique qu'elle a faite ſur la Cantate compoſée par Clarice, & qui a pour titre :

*Le Poëte Italien qui demande à Apollon la grace de ne point échouer à Paris.*

Pantalon ne ſe ſent pas de joie. Florinde déſaprouve tout bas le titre en parlant à Petrone qui le déſaprouve auſſi. Celio au contraire l'approuve auſſi tout bas, & Petrone en fait de même. Angélique qui fait ſemblant de s'accompagner ſur le clavecin, mais qui n'eſt véritablement accompagnée que par l'orcheſtre, chante ce qui ſuit :

## CANTATA.

*Sacro Nume di Pindo*
*Tu che l'animo accendi*
*Di canora armonia, tu che riſchiari*
*De' Mortali la mente,*
*Gran lume omnipoſſente*
*Degli uomini conforto ; e degli Dei*
*Preſta orecchio pietoſo ai voti miei.*

*Della Senna in ſu le ſponde,*
*Tua delizia, e tuo decoro,*
*Non negar mi il verde alloro.*
*Ch' io deſio di meritar.*

*Rammenta o biondo Dio*
*Quanti del ſudor mio divoti pegni*
*Otteneſti fin'or. Vegliai le Notti*
*Per offrir ti gl'incenſi. A te in tributo*
*I piu belli di della mia vita io diedi :*
*E qual ebbi da te grazie, o mercedi ?*
*Queſto dono or ti chiedo ;*

*Sia grazia, o sia merce, fa, che un tuo raggio*
*Rischiari il mio talento,*
*Fa, ch'io piaccia a Parigi, e son contento.*

*Ah che dal Ciel discende*
*Raggio d'immortal luce.*
*Sento de' Vati il Duce*
*Che mi favella al cor.*

*Vieni, mi dice, espera;*
*Qui di clemenza è il regno.*
*Rendi ti di onor degno*
*E ti prometto onor.*

---

*Traduction de la Cantate en vers blancs.*

Sainte Divinité du Pinde,
Toi qui du feu de l'Harmonie
Embrase tous nos cœurs. O Flambeau tout puissant;
Dont l'eclat porte la lumiere
Dans l'ame des Mortels;
Heureux soulagement des hommes & des Dieux:
Prete à mes vœux ardents une oreille indulgente!

Sur les bords de la Seine
Ces Bords charmans, tes amours &ca ta gloire
Accorde à mes brulans desirs
Le Laurier qu'une fois je voudrois mériter
Aimable Dieu rappelle toi *
Combien jusqu'a present, mon zele infatigable
S'est épuisé pour toi. J'ai consumé les nuits
A t'offrir mon encens. Je t'ai sacrifié
Les jours les plus beaux de ma vie.

* L'épithete de *Blond*, qui est dans le texte, & qui y va très bien, ne seroit point agréable ici.

Quel prix, ou quelle grace ai-je reçûs de toi?
Je ne t'implore ici que pour un seul bienfait.
Accorde le comme grace, ou comme recompense.
Viens d'un de tes rayons eclairer mes talens.
Fais moi plaire à Paris, tous mes vœux sont comblés.

Mais quel rayon d'immortelle lumiere
Des cieux descend jusques à moi!
Je reconnois le Dieu des vers.
Je le sens, il parle à mon cœur.

Viens, me dit il, espere,
La clemence regne en ces lieux.
Sois digne d'être couronné
Et je te promets la couronne.

Pantalon est le premier à applaudir. Silvio & Celio applaudissent de bon cœur. Florinde & Petrone se conduisent toujours de la même maniere. Florinde qui méprise Clarice, & tout le monde, propose à la compagnie de lui faire connoitre un grand morceau de poësie de sa façon, en lisant un madrigal qu'il a composé. Pantalon témoigne du dégout; mais tous les autres font voir un grand désir d'entendre le madrigal. Florinde en se pavanant, lit ainsi le titre :

*L'Eloge de la Cire d'Espagne.*

Pantalon se moque de lui. Florinde trouve le titre & le sujet magnifiques, parce que la cire d'Espagne est un préservatif sûr, contre la curiosité que l'on a de lire les billets doux. Il demande à Petrone son avis, & Petrone dit qu'il a raison. Florinde lit ensuite ce qui suit, d'un ton pédantesque.

---

## MADRIGALE.

*Del pesato sottil talento Ispano*
*Rubiconda, stupenda maraviglia*
*In candida conchiglia*
*Delle Perle d'amor chiude l'Arcano.*

---

### *Traduction du Madrigal.* *

Du prudent Espagnol invention subtile,
Chef d'œuvre ingénieux, & merveille etonante!
Ta rougeur sçait au fonds d'une blanche coquille
Tenir dans le secret les Perles de l'Amour.

---

Tout le monde applaudit par ironie. Pantalon ne peut pas se contenir. Petrone fait compliment à Florinde, qui se félicite lui-même des faux applaudissemens qu'il reçoit.

* *Le Madrigal est un Poëme connu de tout le monde. Le stile métaphorique qui est employé dans celui-ci, a deshonoré pendant un siécle, la poësie Italienne. On doit le passer à Florinde, dont le caractere ressemble à celui de bien des gens qui trouvent mauvais, tout ce que les autres font, & qui ne peuvent rien produire d'eux-mêmes, qui ne le soit encore davantage.*

## SCENE XIII.

ARLEQUIN, CAMILLE, & *les Acteurs précédens.*

ARLEQUIN demande permission d'entrer. Pantalon s'attriste en le voyant. Camille veut l'arrêter, & fait connoître par ses agitations, qu'il vient dans quelque mauvaise intention. Arlequin dit que puisqu'il se trouve dans une assemblée de gens d'esprit, il doit réciter une de ses compositions. Il en dit le sujet, dans lequel il expose les contestations qu'il a avec Camille, sur ce qu'elle ne veut faire qu'à sa tête. Il parle contre la famille de Pantalon & contre l'assemblée. *Voici*, dit-il, *ma chanson* en montrant son contrat de mariage avec Camille, & *voici la musique*, en déchirant le contrat; après quoi il s'en va. Tout le monde est choqué. Camille se désespere, & accuse tous ceux qui sont là, d'être les causes de son malheur. Celio propose à Silvio de courir après Arlequin pour l'arrêter. Silvio y consent. Il salue Angélique, & sort. Celio prend congé de Clarice, en disant à part, qu'il craint bien de ne pouvoir résister à la force de l'amour qu'il ressent. Florinde & Petrone s'en vont ensemble en ricanant. Clarice & Angélique se retirent, affligées pour elles & pour Camille. Pantalon, d'un air noble & décent, se recommande à Camille. Celle-ci témoigne de l'inquiétude; mais Pantalon se fie sur son bon cœur, & se retire.

## SCENE XIV.

CAMILLE, *ſeule.*

ELLE dit que ſi elle a tant de compaſſion pour les autres, elle doit à plus forte raiſon en avoir pour elle-même. Elle exagere beaucoup le malheur qu'elle fait réſulter de la retraite d'Arlequin. Elle s'abandonne au déſeſpoir, elle déteſte tout ce qui en eſt cauſe, Pantalon, ſes filles... Mais tout à coup, elle fait réflexion que ce n'eſt pas la faute de ces *pauvres innocents.* Elle témoigne avoir encore de la tendreſſe pour elles. Elle prie le ciel de l'éclairer & de l'aider, & termine ainſi le ſecond Acte.

*Fin du ſecond Acte.*

# ACTE III.

## SCENE PREMIERE.

### CELIO, SILVIO, FLORINDE, PETRONE, ET ARLEQUIN.

Rlequin eſt amené malgré lui dans la maiſon de Camille, par les quatre Italiens, ſuivant qu'ils ſe l'étoient propoſé. Il ſe plaint à eux de ce qu'ils l'ont conduit par force chez Camille. Celio lui dit qu'ils l'ont perſuadé & non violenté. Florinde ſe meſle de vouloir expliquer à Arlequin ce qui l'a fait revenir. Arlequin eſt curieux de le ſçavoir. Florinde lui demande s'il a quelquefois vû jouer les Marionnettes. Arlequin repond qu'ouy, mais qu'il ne comprend pas quel rapport il peut y avoir entre les marionnettes & lui. Florinde en homme qui s'imagine qu'il va dire la plus belle choſe du monde, prie ceux qui ſont ſur la ſçêne de faire attention à la comparaiſon ſpirituelle dont il va ſe ſervir, & parle enſuite ainſi à Arlequin. *On fait agir les Marionnettes par le moyen d'un reſſort placé dans leur tête, & par quelques fils qu'on leur attache aux mains & aux pieds. Ces machines ne marchent que par le moyen du reſſort qui les conduit, elles ne parlent que par la voix de celui qui les fait iouer. Venons maitenant à l'application; Arlequin, vous êtes la marionnette; l'Amour eſt celui qui vous fait jouer, la Paſſion eſt le reſſort qui vous conduit; vous ne vous remués qu'avec les fils du deſir, enſorte que pouſſé par votre inclination, & attiré par la beauté, vous etes venû juſqu'ici ſans ſçavoir que vous y veniez.*

Cette comparaiſon choque Arlequin. Il annonce qu'il veut s'en aller, mais il dit à part qu'il n'eſt que trop vray qu'il ſe ſent remuer par un fil, & qu'il y a un reſſort qui le retient. On cherche à l'appaiſer: il s'obſtine. Florinde engage Petrone à le perſuader. Petrone l'entreprend, & conſeille à Arlequin de ne s'en rapporter à perſonne, & de faire à ſa fantaiſie. Arlequin trouve ce conſeil excellent, & dit en conſéquence qu'il ne veut plus penſer à Camille. Celio & Silvio impatientés de ſon obſtination diſent qu'il n'y a qu'a le laiſſer là & aller perſuader à Camille de l'oublier. Arlequin montre alors toute ſa paſſion & les arrete en les aſſurant qu'il va être raiſonnable. Petrone de ſon coté l'exite à ſuivre ſon conſeil, mais il ennuie Arlequin. Celio qui voit ſa foibleſſe, juge que c'eſt un bon moment dont il faut proffiter pour aire venir Camille ; Florinde va avec lui pour cela & Petrone les ſuit. Silvio avertit Arlequin de l'arrivée de Camille, & il ſort. Arlequin voudroit auſſi ſortir, mais il trouve dans Camille une eſpece de magie qui l'enchante, & qui le retient.

---

## SCENE II.

### ARLEQUIN, CAMILLE.

CAMILLE, à part, ſe plaint de la cruauté d'Arlequin, en diſant qu'il meriteroit bien qu'elle le renvoyat. Arlequin ne veut pas l'aborder, n'y lui parler le premier. Camille en dit autant. Arlequin veut ſortir; Camille touſſe, il ſe retourne. Ils ſe ſaluent l'un & l'autre poliment, mais fierement, & chacun eſt toujours dans la reſolution de ne point faire les premiers pas. Arlequin ſe détermine enfin à ſortir ſans la regarder : alors Camille accablée de douleur ſe laiſſe tomber ſur un fauteuil. Arlequin ſe reſſouvient du fil & du reſſort des marionnettes, il s'approche de Camille & lui demande ce qu'elle a. Elle lui répond qu'il voit là les triſtes effets de ſa paſſion. Il s'attendrit & veut l'aider à ſe lever. Camille eſſaye en effet de ſe lever, & elle retombe dans le fauteuil. Arlequin la prend alors par les deux mains pour la mieux aider. Elle ſe leve encore une ſeconde fois, mais

mais elle retombe encor & entraine avec elle Arlequin qui tombe par terre. Dès qu'elle le voit en cet etat, elle se leve avec légéreté, & sans la moindre peine, & va demander à Arlequin s'il ne s'est point fait de mal. Arlequin de son coté lui demande si elle est guerrie. Elle dit qu'oui. Arlequin dit qu'il l'est aussi, & ils se parlent tous deux amoureusement. Camille demande à Arlequin si il l'epousera, il lui promet qu'oui. *Et quand?* dit Camille. *Aussi-tot*, dit-il, que *Pantalon sera parti*. Cette reponse redonne du chagrin à Camille, les deux amants se font de nouveaux reproches. Enfin Arlequin après bien des raisons finit par dire à Camille qu'il va attendre ses résolutions, & il s'en va.

---

## SCENE III.

### CAMILLE, *seule*.

ELLE trouve qu'Arlequin n'a pas absolument tort, & qu'une autre qu'elle, auroit déja renvoyé Pantalon. Mais son bon cœur lui fait voir encore bien des difficultés dans un semblable parti.

## SCENE IV.

PANTALON, CLARICE, ANGÉLIQUE, CELIO, SILVIO, FLORINDE, PETRONE, CAMILLE.

PANTALON s'excuse à Camille d'avoir pris la liberté d'écouter ce qui s'est passé entr'elle & Arlequin, sur l'intérêt qu'il a à la matiere qu'ils traitoient, il lui ajoute qu'il est enfin résolû de partir. Camille lui repond qu'elle n'aura jamais le courage de lui dire de le faire mais qu'elle ne peut lui cacher que tous les momens qu'il reste sont autant de tourmens pour elle. Celio, Silvio & Florinde parlent à Camille en faveur de Pantalon, & l'engagent à ne le pas laisser partir. Florinde en particulier lui fait envisager l'estime, la réputation, l'héroïsme, l'honneur, la gloire. Il invite Petrone a le seconder dans ses sollicitations. Petrone veut en effet donner des conseils à Camille. Mais cette fille prénant un ton ferme & pathétique s'exprime ainsi. *Dites-moi un peu, Messieurs, vous qui me parlez en faveur de Pantalon & de sa famille, vous qui avez tant de pitié pour ses filles; n'avez-vous que des paroles inutiles, & de vains conseils à leur donner? si vous avez tant de compassion, que ne cherchez-vous à leur en faire ressentir les effets? est-ce que ces Demoiselles n'ont pas assez de mérite pour vous y engager? mais tenez, voici le moyen de les secourir, & de leur rendre justice,*

*Ceux d'entre vous qui ont de l'amour pour elles, n'ont qu'a les épouser. Ceux qui s'en tiennent à l'estime, n'ont qu'a les aider à s'établir. Vous le pouvez, Messieurs, & vous le devez. Ce sera là la véritable pitié, le véritable heroisme, la vraie gloire, & non d'implorer les secours d'une pauvre fille comme moi, qui ai fait tout ce que j'ai pû, & qui ai été jusqu'à sacrifier les intérêts de mon cœur, & ma propre tranquilité.*

Pantalon ne se possede pas de joie, il fait l'éloge de Camille, il dit qu'elle parle si bien, qu'il faut que Clarice lui ait donné des leçons. Celio se sent pénétré, & ne sçait que résoudre. Clarice & Angélique se plaignent entr'elles de leur destinée. Florinde attendri par le discours de Camille, s'offre d'épouser Angélique pour satisfaire à ce que la gloire & la compassion exigent de lui. Silvio arrête Florinde en lui disant que si ce n'est que la gloire & la compassion qui l'engagent à épouser Angélique, il y est excité lui par des motifs plus puissants, le mérite d'Angélique & l'estime qu'elle lui inspire. Il invite en même-temps Angélique à s'expliquer & à déclarer celui qu'elle préfere; mais elle s'en rapporte modestement à son pere. Pantalon dit qu'il ne demanderoit pas mieux que de la contenter, mais qu'il ne veut point faire tort à Clarice qui est l'ainée. Florinde alors s'offre de l'épouser, en disant qu'il lui est égal d'épouser l'une ou l'autre. Celio pour ne pas voir Clarice sacrifiée à une semblable union, déclare son amour pour elle, & s'offre de l'épouser. Florinde se tourne vers Angélique pour la prier de se déclarer. Elle annonce que si son pere le trouve bon, elle choisira Silvio. Pantalon y consent. Florinde dit alors que de toutes façons il ne peut que se féliciter d'avoir porté les esprits à l'héroisme & à la gloire. Il demande à Petrone son approbation, & Petronne la lui donne. Pantalon donne l'essor à sa joie ; il vante son bonheur, & en donne tout l'honneur à Camille qui témoigne de son côté combien elle y est sensible.

## SCENE V. *& derniere.*

ARLEQUIN, *& tous les autres Acteurs.*

ARLEQUIN qui est instruit de tout, se réjouit avec Pantalon & avec ses filles de leur bonne fortune. Il offre avec transport sa main à Camille qui l'accepte avec vivacité, & sur le champ. Pantalon termine la Piece en disant que le sort de ses cheres filles le fait jouir du plus grand bonheur, & qu'il n'y a pas dans la nature d'amour plus sublime & plus délicieux que l'Amour Paternel.

## FIN.

## APPROBATION.

J'AI lû par ordre de Monseigneur le Chancelier, *l'Extrait de l'Amour Paternel, Comédie, avec la Lettre Italienne de M. Goldoni, la traduction de cette Lettre, & la réponse de M. Meslé,* & je crois qu'on peut en permettre l'impression. A Paris ce 28 Novembre 1762. MARIN.

*Le Privilége & l'Enregistrement se trouvent au nouveau Recueil de Pieces de Théâtre de la Comédie Italienne.*

www.ingramcontent.com/pod-product-compliance
Ingram Content Group UK Ltd.
Pitfield, Milton Keynes, MK11 3LW, UK
UKHW020432180726
13839UKWH00003B/1454